日曜歌集

たび

吉竹純

港の人

日曜歌集　たび

目次

カバー・扉写真／吉竹 純
表紙イラスト／吉竹 遼

日曜歌集　たび

集中の歌には、旧かなづかいと現代かなづかいが混在しています。これは、その新聞歌壇の選者が使用するかなづかいに沿っての使い分けです。複数の選者がいて、かなづかいが異なる場合は、先行した選者を基本としています。選者によって添削された作品も含まれていますが、自作品としています。

二〇〇八年

◀八月

生涯を雨にぬれずに終るのか家猫〝たび〟は窓を離れず

☆日経歌壇　穂村弘選

初夏の木陰に風と眠るとき繭のごとしも噴水の苑

ＮＨＫ学園武蔵熊谷短歌大会　佳作　小島ゆかり選

圧倒的な暑熱、引火、引火、轟音は空の青さえ引き裂きぬ

東京歌壇　佐佐木幸綱選

二年後に電子メールで赤紙が来るてふ満都花ふぶきなり

ＮＨＫ学園武蔵熊谷短歌大会　佳作　今井恵子選

着古しのズボン捨つるに燃えざらむチャックをざくざく妻は切除す

☆読売歌壇　小池光選

信号に従ひ電車動きだす人身事故の雨の踏切

毎日歌壇　伊藤一彦選

◀九月

はつなつの胸しんしんと風の鳴る森を迷へばサルトルの来る

☆ＮＨＫ学園郡上市古今伝授の里短歌大会　特選　林和清選

太刀魚のやうな陽射しがぎしぎしと庭を埋めをり梅雨明けの朝

毎日歌壇　河野裕子選

夏の夜は海の底なり蚊帳張れば二万哩へ兄は潜りぬ

読売歌壇　俵万智選

空知より到来したるアカシアのはちみつ塗れば八月の空

日経歌壇　穂村弘選

枕木が木でありしころ動輪に耐へて軋《きし》みて蒸気を浴びぬ

毎日歌壇　篠弘選

解散の風吹きぬべし板塀に見知らぬ顔の男が笑ふ

毎日歌壇　伊藤一彦選

人類の最速男駆け抜けし居間おもむろに猫は出てゆく

☆朝日歌壇　永田和宏選

◀十月

みづあめのやうに流るる風ありて春のゆふぐれロートレアモン

第三十七回全国短歌大会　選者賞　島田修三　松平盟子

あかねさす真昼のカンヌさんさんと蝶のかるさのヨットは滑る

毎日歌壇　篠弘選

秋の昼あはれ無闇に煙吐く男女たむろすビルの墓場に

毎日歌壇　伊藤一彦選

駅頭に吉永小百合がほほゑみて旅へいざなふ朝な夕なに

☆毎日歌壇　篠弘選

銀行の名さへ変はれどふるさとは十八歳の秋天高し

毎日歌壇　伊藤一彦選

◀十一月

卒論に書きし気鋭の小説家わが青春のル・クレジオ受賞す

朝日歌壇　佐佐木幸綱選

ワープロのなきころ深夜おのづから筆耕者なりコピーを書けり

日経歌壇　穂村弘選

金色の鯉の跳ねをり大観の紅葉に会ひし秋の日の庭

毎日歌壇　河野裕子選

清原のホームランの一本を西武球場に見しこと誇り

読売歌壇　小池光選

晩年の清張が使ひたる机モンブランなるインク壺あり

毎日歌壇　篠弘選

砂嵐はるかに越えてひえびえとベークライトの受話器の夜に

日経歌壇　穂村弘選

晩秋の海岸さびし打ち寄せて声のあふるる男波《をなみ》と女波《めなみ》

毎日歌壇　伊藤一彦選

見たくない聞きたくもない投信の価格を深夜覗き眠れず

☆東京歌壇　月間賞　佐佐木幸綱選

市場という魑魅魍魎が跋扈して財布の中まで手を突っ込みやがる

☆朝日歌壇　佐佐木幸綱選

◀十二月

対談する谷川俊太郎を横見すればつくづく容《かたち》よき頭蓋骨なり

日経歌壇　穂村弘選

学園に銀杏鳴るなり空耳の夜霧にぬれしシュプレヒコール

東京歌壇　佐佐木幸綱選

若き日の疲れの深さ測り知れず十五時間を眠りし息子

毎日歌壇　伊藤一彦選

夕闇のデパート裏にららと佇《た》つ乳房固きやマネキン三体

読売歌壇　小池光選

二〇〇九年

◀一月

危機といふ粉を世界にふりまきて神はひととき休みたまへる

☆日経歌壇　岡井隆選

永遠に渡れぬごとく踏切の点滅つづく　世界は火事だ

日経歌壇　穂村弘選

ポケットにフルオーケストラ閉じ込めて橋渡りつつ「第九」を鳴らす

読売歌壇　俵万智選

◀二月

高層のビルに書店を探しきて撤退したるを知りたる夕べ

☆毎日歌壇　篠弘選

◀三月

雷は神の鳴る意と仲見世をぬけて春の日われもＫＡＴＡＫＯＴＯ

日経歌壇　穂村弘選

ミゾユウの事態ならずや字幕読めぬ若者ふえてルビの増えくる

毎日歌壇　篠弘選

さやさやと緑のそよぐ三月の空に支社ありき右足から入りぬ

日経歌壇　穂村弘選

◀四月

季節にもフォッサ・マグナのあるごとし東冬なり西春来る

☆東京歌壇　佐佐木幸綱選

しがらみをしらかみと言ふ上司をりそのままにされ定年迎ふ

日経歌壇　穂村弘選

みどりあを版を重ぬる木板画やがて吉野の夏の匂ひす

ＮＨＫ学園紀の川市短歌大会　秀作　小黒世茂選

高だかと大学名を掲げゐて車窓はるかにキャンパスの見ゆ

☆毎日歌壇　篠弘選

◀五月

春風亭昇太のような車掌来て「と特急券を拝見します」

読売歌壇　小池光選

医師の名を思ひ出すため五十音順にたぐりて「た」で膝を打つ

産経歌壇　伊藤一彦選

間違へて手を挙げたれば全身が紅となりたり一年二組

日経歌壇　穂村弘選

ケータイに圏外てふマーク出ればわが立つ位置もいささか似たる

毎日歌壇　伊藤一彦選

事務方と軽く言はれて難題を日々解きほぐす官僚あはれ

日経歌壇　岡井隆選

部長らしき紺の背広を要とし扇しづかに開いてゆけり

日経歌壇　穂村弘選

フィレンツェの大聖堂を雨すべり傘はひらきぬ十五世紀中葉

ＮＨＫ学園伊香保短歌大会　秀作　岡井隆選

◀六月

旧かなの名歌ワードで貯めるとき文語のあたり五月蠅《うるさ》き波線

☆☆朝日歌壇　永田和宏・佐佐木幸綱共選

同窓の諸氏にわが歌時機を得て自注をすれば皆あたたかき

毎日歌壇　篠弘選

手術する医師に混じりて素人がメス握れるや　裁判員制度

毎日歌壇　伊藤一彦選

◀七月

むざむざとザムザになれど梅雨寒もなほ生きるべしざざざむむ

毎日歌壇　伊藤一彦選

ＮＨＫラジオ講座のカセットも処分しましょうと妻のひとこと

☆読売歌壇　小池光選

◀八月

はじめてはいつもしんせん分刻みにて報道さるる裁判員裁判

日経歌壇　穂村弘選

この道が区境なるべし右左笑顔異なる選挙ポスター

☆東京歌壇　佐佐木幸綱選

報道の隘路を抜けてウルムチの動画世界へ走る見る聞く

東京歌壇　佐佐木幸綱選

◀九月

海峡を越えて降下の始まれば常に思えり「でっかいどお。北海道」

読売歌壇　俵万智選

着工の予定過ぎをり鋼板に囲まれ夏のマンション用地

産経歌壇　伊藤一彦選

無遠慮に空へ伸びゐるマンションの壁一面に西日のペンキ

産経歌壇　伊藤一彦選

雨太き駅の北口たちまちに熱帯雨林の夕べとなりぬ

☆毎日歌壇　伊藤一彦選

駅前の出口近くにポスターとその本人が立って手をふる

読売歌壇　俵万智選

コッペパン、くるまのクーペ、同一の語源と知れば楽しき午睡

読売歌壇　俵万智選

原作のあるかなきかの味はひは映画なるゆゑやや色めきて

毎日歌壇　篠弘選

黄昏れてなほ美しき海のあを今日だけ高校三年生

毎日歌壇　伊藤一彦選

いろくづの眠る波間をひとひらの銀杏のやうに月ゆれてをり

ＮＨＫ学園和倉温泉短歌大会　秀作　飛鳥游美選

◀十月

ガラスペンきりり走らせ放課後のひかりあふれて変数のきみ

日経歌壇　穂村弘選

「悲恋」をば「ヒコイ」と言ひて美しきバイオリニストは弾き始めたり

産経歌壇　伊藤一彦選

二十年過ぎても増刷されてをり二〇円アップの『サラダ記念日』

☆毎日歌壇　篠弘選

コピーには人格が出るコワイヨと教へ受けつつほぼ忘れをり

日経歌壇　穂村弘選

猫の目に一瞬光る秋の日のコニャックのような美しき嘘

読売歌壇　小池光選

◀十一月

通販のグルメ・カタログ一通り見るうち満腹もう一度繰る

産経歌壇　伊藤一彦選

オフィスに友となりしは季節なき矩形の狭き空そして雨

毎日歌壇　篠弘選

空中に庭園ありて色鳥の遊べる午後の美しきかな

日経歌壇　岡井隆選

稜線のひろがるごとく駅伝の一群はるか晩秋平野

東京歌壇　佐佐木幸綱選

◀十二月

薔薇色の空ゆつくりと褪せながら夜へ溶けだすフィレンツェの空

毎日歌壇　河野裕子選

秋霖の週末こころ癒えぬまま猫の背中を泣くほど撫でる

日経歌壇　岡井隆選

近づけばトロイメライが鳴りだせり新花巻駅前広場

東京歌壇　佐佐木幸綱選

十年の期限迫れるパスポート更新すべき理由をさがす

毎日歌壇　篠弘選

二〇一〇年

◀一月

ゆふぐれに回転ドアのあるごとく人影ひとつ消えてゆふぐれ

平成二十一年度ＮＨＫ全国短歌大会　佳作　石田比呂志　伊藤一彦
尾崎左永子　佐佐木幸綱　俵万智　東直子選

歳晩の閲覧室の片隅に墓のごとくに動かざる人

毎日歌壇　伊藤一彦選

大年《おおどし》も座ればすぐに数独を始める人の豊島園行

東京歌壇　佐佐木幸綱選

神の里出雲市の駅ひさしぶり和式トイレに傾注したり

読売歌壇　小池光選

◀二月

冬の夜の居間あたたかき花野なり家族で回すカレードスコープ

産経歌壇　伊藤一彦選

東海の小島は浮かぶ海外の原油、食料、軍備の上に

☆朝日歌壇　馬場あき子選

◀三月

東京の都心に住みて練炭をクリックひとつで買える不思議よ

読売歌壇　小池光選

千分の一秒までを計測し差をつけるなり二十一世紀

☆日経歌壇　穂村弘選

四年かけ一段上る悔しさの涙ぬぐひし笑顔いとほし

毎日歌壇　伊藤一彦選

笑ひつつ朝食をとるカップルを車内マナーのポスターに見つ

毎日歌壇　篠弘選

◀四月

渓谷に列車の影はながながと折られつつあり一月の午後

ＮＨＫ学園市川市短歌大会　佳作　尾崎左永子選

単線の電車しずかに春の畑耕すように日に五往復

☆読売歌壇　俵万智選

平日の定時に起きし子の嫁ぎわれら春眠暁を覚えず

毎日歌壇　伊藤一彦選

四十年へて極端に成功も失敗もなし春の夜に集ふ

日経歌壇　岡井隆選

◀五月

自販機に冬は終らずあかあかとホットドリンクあまた灯れり

読売歌壇　俵万智選

修士とり博士へむかふ女《ひと》ありて団塊世代は挑戦が好き

毎日歌壇　篠弘選

◀六月

園児らの声はつなつに跳ね返り象はゆっくり足を曲げたり

☆朝日歌壇　馬場あき子選

サンライズ出雲の窓をあかときの雲は流れて初島が見ゆ

☆東京歌壇　年間賞　月間賞　佐佐木幸綱選

真つ青な葉叢《はむら》の波をさわさわとバスはあへぎつ伊豆の山中

産経歌壇　伊藤一彦選

秒針の世界に戻りディーゼル車遠野離れつ新緑の匂ひ

日経歌壇　穂村弘選

グーグルの指示のまにまに乗り換えて街を歩きて美味礼讃す

読売歌壇　小池光選

ＬＰが壁と積まるるカウンター髭《ひげ》の店主はケンプを聴けり

毎日歌壇　篠弘選

報道も距離に負けるや東京を遠く離れし口蹄疫禍

☆毎日歌壇　伊藤一彦選

◀七月

参議院比例代表候補者が「地元」連呼し下町をゆく

東京歌壇　佐佐木幸綱選

◀八月

ゆつくりと歌のページを閉づるとき梅雨晴れの街やはらかくあり

毎日歌壇　河野裕子選

病まで隣り合ふなり役員を辞すると明かすわが同期生

産経歌壇　伊藤一彦選

疲れきりてみな眠りゐる人びとの地下鉄に垂るる中吊りの揺れ

毎日歌壇　篠弘選

「東京は雨なんですか」タクシーに訛抑《なまり》ふる眼差し優し

日経歌壇　穂村弘選

◀九月

投稿の選歌を終へて眠りしか歌と家族に尽くして永久に

☆毎日歌壇　伊藤一彦選

つと逝きし友をその日に置いたまま猛暑日すすむ我のめぐりも

読売歌壇　俵万智選

ほのかにも晩夏の海と流星がふれあふあたり幸せあらむ

産経歌壇　伊藤一彦選

夕焼の色のすべてを鍋に入れ月となるまでぐつぐつ煮込む

読売歌壇　俵万智選

火の国の草千里なり寝転べば大の字Yの字くの字にフの字

ＮＨＫ学園郡上市古今伝授の里短歌大会　佳作　佐佐木幸綱選

◀十月

フィルム入れ試し撮りするたまゆらのシャッター音を忘れてをりつ

毎日歌壇　篠弘選

花嫁の姉を撮りゐる弟のふたり幼き喧嘩なつかし

毎日歌壇　米川千嘉子選

舗道にはほんのりロゼの明りあり酔へば月暈《げつうん》さらにまろやか

日経歌壇　岡井隆選

雷鳴が空に輝《ひび》入れ街上は川となりたり赤坂見附

☆東京歌壇　佐佐木幸綱選

裁断と聞けばただちにシュレッダー思ひ起こすは時の流れか

毎日歌壇　篠弘選

骨絡むサグラダ・ファミリア　秋空に日本の寺の屋根の流麗

毎日歌壇　米川千嘉子選

おだやかに季節の移る一年を異常気象の年と呼ぶ　やがて

読売歌壇　俵万智選

◀十一月

冬空の凍てつく青にひたるとき人は寂しい静かな泉

☆日経歌壇　岡井隆選

ミケランジェロが歩いた（きっと）路地を抜けダビデの像をひとり見上げる

読売歌壇　俵万智選

◀十二月

目玉なき美術展なりめぐれども小品小品小品の部屋

毎日歌壇　篠弘選

祇園てふバス停あれば冬空に都の匂ふ平泉ゆく

☆毎日歌壇　米川千嘉子選

口さびし午後の隙間にポケットのビスコ取り出し封を切りたり

読売歌壇　俵万智選

乗る降りる買うことごとく記録され我より我をスイカ知るなり

☆東京歌壇　佐佐木幸綱選

二〇一一年

◀一月

背丈より百葉箱の高きころ四季は静かに人と巡りき

平成二十三年歌会始　お題「葉」　入選

平成二十三年　歌会始に選ばれて

歌会始のお題は、毎年、その終了後に発表されます。平成二十二年は、「葉」でした。この字を歌のなかにかならず入れ、入選十首に選ばれると、翌年、皇室の新年の行事を締めくくる歌会始で披露されることになります。短歌に興味のない人でも、その意義をわかってくれる数少ない機会。独特の抑揚と節回しで詠みあげられる不思議な世界を、ニュースやテレビ中継でご覧になった方も多いでしょう。

締切りは、九月末。会社を早期退職したあと、五十二歳で歌づくりを開始、新聞歌壇などに入選しましたが、最大のイベントである歌会始にどうしても出たくなり、応募を始めました。この年は、八回目の挑戦。毎年、二万首ほどの歌が、海外を含めて寄せられるので、その競争率たるや、どんな新聞歌壇や短歌大会のなかでも、もっとも厳しいといっていいでしょう。しかも、一人一首。これぞという自信作が、寄せられるのです。

いつもは締切りのずいぶん前から用意して、一首をああでもない、こうでもないと手を入れるのですが、この年は、公私に多忙を極め、ぎりぎりになって、ああ今年も応募しなくてはと、取りかかりましたが、「葉」から一般的に想像される「落ち葉」や「言葉」や「紅葉」では、ありきたりになって、すぐ行き詰まってしまいました。

間際になって、脳裏に浮かんだのが「百葉箱」でした。小学校の校庭のすみに立っていた白い箱。夏の暑い日も、雪のふる日も、無口で目立たない友だちのように立ちつづけていた四角い箱。それを思い出すと、歌はほとんど一息で生まれました。そして、二万首余りの応募作品から、十首の入選歌のひとつに選ばれたのです。


背丈より百葉箱の高きころ四季は静かに人と巡りき

十二月七日、午後三時ころ、宮内庁から電話がありました。最終選考に残っていることを告げられ、自作に間違いないか、どこかに発表していないかなど、いくつか確認され、その上で、歌会始まで入選歌は守秘するよう念押しされました。歌会始の歌は、天皇に奉呈されるもので、その前に天皇以外の者が知ることは、趣旨にはずれるからです。

青磁社から出ているシリーズ「牧水賞の歌人たち」のなかの『三枝昂之』の年譜を参照すると、この日、選者会議がひらかれていることがわかるので、終わってすぐ連絡してきたことになります。住所、氏名など、個人情報を報道機関に提供していいかとも確認され、了承しました。

その日のうちに、新聞数社とNHKから連絡があり、ことにNHKは、歌会始の中継をするせいか、どんな歌か、かなり熱心に聞いてきました。こちらとしては、歌そのものは教えられないので、周辺の情報を伝えることにずいぶん苦労しました。昔、テレビで人気のあった「連想ゲーム」をやりとりしているような感じでした。

十日には、歌会始の事務局にあたる宮内庁式部職から、決定した旨の速達が届きました。当日のドレスコードは、成人男性の場合、モーニングか紋付羽織袴。こんなことなら娘の結婚式のときに揃えておけばよかったなどと思いつつ、高島屋に出かけて貸衣装の注文。高島屋は、かつて皇室関係のテレビ番組を提供していたので、借りるならここと即断。靴まで一式、予約しました。それからの年末年始、いちばん注意したことは、インフルエンザに罹らないこと。そして、転んだりしないこと。細心の注意をはらって過ごしました。

歌会始に選ばれたことは、天皇誕生日のあとの十二月二十四日、テレビや新聞などで報道されるので、多くの友人、知り合いからメールなどが寄せられました。過去最大の反響でした。

平成二十三年一月十四日。冬晴れの朝。モーニングの上からコートを羽織り、自宅から、バス、JR中央線を乗り継ぎ、東京駅へ。このころ、東京駅は復原工事の真っ最中。九時半までに皇居に入らないといけない……。どこがタクシー乗場なのか、ずいぶん迷いましたが、なんとか探し、黒塗りの一台を選びました。坂下門には警察の詰所があり、そこで歌会始の入選者であることを示して、なかへ。ゆるやかな坂を上って宮殿の車寄せに着くと、人生はじめての経験、報道陣のカメラが待っていて、なんだか文化勲章でももらった気分。侍従の案内で、二階へ。

新年の一般参賀などで、皇室の方々が手をふられている光景は、おなじみだと思いますが、後ろ左手には百畳もあろうかという大広間があり、そこが控室でした。中学生の入選者には、保護者の方だと思いますが、大人がついていました。よく、奥さんはいっしょにいったの、と聞かれましたが、それはありません。文化勲章とは、違います。

宮殿の二階のベランダ、陛下はじめ皇室の方々がお立ちになる中央部からは少し離れて、外の景色を目にすると、大手町あたりの高いビルが目立ちました。侍従の人が、なるべく背の高い木を植えて隠れるようにしているのですが、と時代の移り変りを感じさせる言葉をもらしました。

式は、十時半開始。少し前になって、侍従の先導のもと、年齢順に一列となって移動を始めました。宮殿の中庭は、白く輝く玉砂利が敷きつめられ、見事な枝ぶりの白梅が咲いていている光景が、いまでもくっきりと浮かびあがってきます。

会場は、正殿松の間。大臣の認証式などが行なわれる、もっとも格式の高いところです。入場すると、正面には両陛下がお座りになる席が、紫地に松葉の模様が施された大きな衝立の前に用意され、両側には、陪聴者といって、国会の議長や各国の大使など、各界の招待客がずらりと椅子にすわって待っていました。あとで、高校の先輩である、当時のＮＨＫ会長もそのなかにいたと聞きましたが、こちらは緊張しているので、どんな人が参列しているかなど知る余裕もありません。

松の間は、無音。針一本落ちても音が聞こえるという比喩がありますが、そのとおりの状況をはじめて体感しました。ほどなく、右奥の扉が音もなくあき、天皇陛下につづいて皇族方がお出ましになりました。なんの予兆も、なんの合図もなく、ちょうど能が始まるときのような、たたずまい。みな起立して、席につかれるまで見守りました。

歌会始の入選者は、いちばん後ろの明り障子に沿うようにすわります。私は、年齢的に、十人の真ん中ほど、正面に陛下のお顔が望まれました。

全体の進行をつとめる読師《どくじ》、歌を読みあげる講師《こうじ》が席につき、お題「葉」を朗々と紹介したあと、入選歌の披講が始まります。読売俳壇で、小澤實さんから年間賞をいただいた拙句が、その雰囲気をよく伝えています。

すろうりい歌会始すろうりい

まず、いちばん若い中学生から。名前が呼ばれると起立し一礼。自分の歌が披講されるのを聞いたあと、一礼して着席。たんたんと進行していきます。

「東京都、吉竹の純」。姓と名のあいだに「の」を入れる、独特の呼び方。これが、以前からとても気に入っていて、いつか呼ばれたいと渇望していましたが、現実のものとなりました。立ちあがり、陛下に一礼。独特の、ゆったりした調子の声が、松の間に響きわたると、もう夢うつつの状態でした。

入選者のあとには、選者の歌が一首、召人《めしうど》と呼ばれる、陛下から特に招かれた人の歌が一首、披講されました。それから、皇族から一首、皇太子妃、皇太子、皇后、天皇の順に進んでいきます。皇后の御歌《みうた》は二回、天皇の御製《ぎょせい》は三回、詠みあげられます。

およそ一時間半のあいだ、粛々として歌会始は進行し、終わりはまた、静かに幕を閉じます。なにごともなかったかのように、天皇陛下から退出され、順に会場をあとにされました。

そのあと、入選者は連翠の間に案内され、しばらくお待ちすると、両陛下がお出ましになりました。手の届くような近いところからお目にかかるのははじめてのことでしたが、これがオーラというのでしょうか、いうにいわれぬ霊気のようなものを感じました。

両陛下は一列になって立っている私たちの前に立たれ、天皇陛下より、いい歌を寄せてくれてありがとう、というお言葉を賜りました。そのあと、両陛下の方から入選者の方に歩み寄られ、ひとりひとりに歌の背景などをお聞きになりましたが、年配の入選者のなかには、感激のあまり、声がふるえ、涙ぐむようなことさえありました。そして説明を終えた入選者が、そのあとも立ったままでいると、陛下の方から、すわってください、と気をつかっていただき、みな恐縮しました。

私の番が来て、入選歌は母校の校庭の片隅にひっそり佇んでいた百葉箱を思い出して詠んだとお答えすると、陛下は微笑まれ、最近はあまりみなくなったね、と皇后さまに話しかけられました。仕事についても、ご下問があり、広告会社でコピーライターをしていたこと、コピーを書くだけでなく、企画もすること。国鉄の観光キャンペーンでは、文化人など起用して、原稿を書いていただき、そのなかには宮殿の装飾画を手がけた橋本明治画伯もいたことなど、手短にご説明しました。ひとりに、五分ちかく割いていただいたように思います。その間、両陛下は立ちつづけ、私たちは話が終わると椅子にすわるという、誠に申し訳ないような一時間ほどでした。

その後、さらに泉の間に案内され、あ、こんなところでバイトしているのと声をかけたくなるほど、スケートの高橋大輔そっくりの侍従が控えるなか、宮内庁次長から記念品をいただきました。飛騨春慶の短冊入れ。字が上手であれば、入選歌をさらさらと書いておくべきでしょうが、あいにく個性的な筆づかいのため、なかは空っぽのまま大切にしまっています。

そのあと、宮内庁の講堂で、生まれてはじめての記者会見を経験しました。こちら側には入選者十人が椅子にかけ、向かいには記者クラブの人たち。その後ろにはカメラも回っていました。両陛下とどのような会話をかわしたのかなど、予想された質問に、こちらも期待された答えを返していきましたが、入選者のなかに難聴の女性がいて、彼女が詠みあげられた自分の歌が松の間に響き、体にびりびり伝わり、はっきり聞くことができたと、涙を流しながら話していたのが印象的でした。

そして、やっとお昼。侍従の皆さんと言葉をかわしながらいただきましたが、みな緊張して箸がすすまず、いつもそんな感じなのでしょう、手際よくつつんでいただき、ほとんどは帰宅してから、家族とともにおいしくいただきました。お膳は、『天皇の料理番』という小説やテレビドラマでご存じの方も多いと思いますが、宮内庁大膳課がつくったもので、彩りといい、味といい、おいしいをなぜ美味しいと書くか、実感しました。

そのあと、特別会議室に移って、選者の皆さんからの講評を、ひとりひとり聞く機会が設けられ、なごやかなひとときを過ごしました。このとき、いただいたお汁粉がまた美味で、これをもう一度というのが、その後も歌会始に応募をつづけている動機のひとつでもあります。

すべて終了したのが、四時くらい。最年長の方が記帳して、帰途につきました。東京駅で夕刊を買うと、どの新聞にも歌会始の模様が載っていましたが、夜のニュースでは、その日、菅内閣の改造人事が行なわれたことなどから、まったく言及がありませんでした。その後も、歌会始の季節になると、ニュースに注目していますが、昼の時間に取りあげられることはあっても、夜の時間帯にはまったくなく、国民が参加する皇室の伝統行事なのに、とても残念です。

歌会始の作品、入選者の記念写真など、いちばん丁寧に伝えてくれるのは、毎日新聞です。当日の夕刊には、速報的な記事しか載りませんが、翌日の朝刊は、資料的価値があります。

一月末には、宮内庁から、松の間で私の歌が披講されている際の記念写真が送られてきました。当日、宮内庁の前で、入選者全員の記念写真も撮りましたが、披講全体の様子がわかる写真は、この一枚きり。大切な思い出です。

歌会始に選ばれたことを、北九州市の文化団体が発行する雑誌に、寄稿する機会がありました。ご存じのように、歌会始からおよそ二か月後には、東日本大震災が発生。いま思えば、入選歌のような内容の歌を詠むことができたのは、震災の前だからであって、次の年であれば、どうあっても無理なこと。さまざまなことに思いを馳せながら、ふるさとへ原稿を郵送しました。届きますか、と心配されながら。

後日談があります。雑誌への掲載が契機となって、卒業した小学校の校庭にいまも百葉箱が残っていることがわかり、ふるいものがモノクロで、現在のものがカラー写真として送られてきて、胸が熱くなりました。歌会始がもたらしてくれた、友人やふるさととの、時空を超えたリレーでした。

〈設立〉も〈創業〉も消え〈立ち上げる〉日々衰へる哀しき母語よ

毎日歌壇　米川千嘉子選

老眼鏡はづして次にすべきこと一瞬忘れ永遠に消ゆ

毎日歌壇　伊藤一彦選

クスクスと笑うがごとく真夜中に雨は降りだすメール来ぬまま

読売歌壇　俵万智選

腕時計忘れたままに歩むとき不思議なるかなバランスとれぬ

毎日歌壇　伊藤一彦選

◀二月

鉄道の歴史展示のひとこまにわが関はりしキャンペーンあり

毎日歌壇　篠弘選

◀三月

インターは三条燕雪おして燕三条駅に近づく

東京歌壇　佐佐木幸綱選

学生街の喫茶店にて鉄球が浅間山荘砕くを見たり

☆読売歌壇　小池光選

携帯のゲームを見ればこの人はきのふも隣に座りてゐしか

☆毎日歌壇　篠弘選

やはらかきひかりながれて立春の朝に林檎は裸となりぬ

日経歌壇　穂村弘選

◀四月

一時間半歩く途中に人だかりテレビ画面を無言で見つむ

日経歌壇　穂村弘選

震災の紙面に休まずひとときのやすらぎとして歌壇俳壇

東京歌壇　佐佐木幸綱選

なにもかも同じ風景その裏に降りつもるらしヨウ素セシウム

☆日経歌壇　穂村弘選

眠りゐる猫の春日に息をするやはらかき腹ふとも触れたし

産経歌壇　伊藤一彦選

コニャックのコピーを小川国夫氏と思案したりし藤枝過ぐる

毎日歌壇　篠弘選

ゴシックのごときベテラン社員ゐて新人細き明朝体よ

毎日歌壇　米川千嘉子選

◀五月

読書欄と歌壇俳壇変はらざる紙面にひととき慰められつ

毎日歌壇　篠弘選

原子炉の解説をする先生の顔色東大もっとも暗し

読売歌壇　小池光選

不都合なことは語らず訓練を受けてゐるらしテレビの人は

産経歌壇　伊藤一彦選

ＡＣの公共ＣＭ見も知らぬ渋面男団結を説く

東京歌壇　佐佐木幸綱選

◀六月

底抜けの明るさ消して宝くじポスターに立つ西田敏行

毎日歌壇　米川千嘉子選

葉桜のみづみづしさに人間の喪ひしもの指に数へつ

毎日歌壇　伊藤一彦選

◀七月

駅前のゲリラ豪雨の渦潮の川を渡れず空はもうない

毎日歌壇　米川千嘉子選

マンションの廊下の端に黙《もだ》しゐる消火器のごとき友人来る

日経歌壇　穂村弘選

「私はね、死んでないのよ」歌あれば千年たてど声が聞こえる

毎日歌壇　米川千嘉子選

いつからだニュースに字幕ついてからひとの話を聴かなくなった

読売歌壇　俵万智選

◀八月

日暮里へ夕やけだんだん上り終へ暑さに飛べぬ蜂と出くはす

日経歌壇　穂村弘選

点景にスワンの浮かぶ池ありて雲一片もなき美術館

毎日歌壇　篠弘選

◀九月

地場産の苗字の目出つチームなり縁《ゆかり》なけれど肩入れしたき

東京歌壇　佐佐木幸綱選

流されし路線の地図にむくむくと夏雲は湧く青春きっぷ

☆ＮＨＫ学園笛吹市短歌大会　特選　小林幸子選　秀作　内藤明選

消息の「息」は生きるの意と知れば深呼吸するああ生きている

ＮＨＫ学園笛吹市短歌大会　佳作　中川佐和子選

高層のビルの窓窓どこまでも嵌め殺しなり西日の瀑布

☆日経歌壇　穂村弘選

ペルセウス流星群を撮りし息子《こ》に一つは河野裕子と教ふ

☆毎日歌壇　米川千嘉子選

◀十月

大手町ビルの通路は昼のごと旧に復せり消ゆる陰翳

☆東京歌壇　佐佐木幸綱選

螢田の隣り富水《とみず》に降りたてば皐月に浮かぶ白き富士の嶺

第四十回全国短歌大会　佳作　松平盟子選

子を産みし娘は妻とキッチンに籠りて笑ふ長月の夜

毎日歌壇　伊藤一彦選

◀十一月

歳月の残酷なるは語らずに挨拶かはす社友の会に

☆毎日歌壇　篠弘選

ひりひりと熱き炉心をひんやりと回る水あり人間は闇

東京歌壇　佐佐木幸綱選

◀十二月

日すがらを沖に光れる鰯雲お台場のうへ機影は消えつ

毎日歌壇　篠弘選

雪野へと胴体着陸する俺だコート脱がずにベッドに倒る

☆読売歌壇　俵万智選

二〇一二年

◀一月

抜くだらう思ひつつ見る駅伝の下る箱根に雪は舞ひをり

平成二十三年度ＮＨＫ全国短歌大会　佳作　坂井修一選

妻と吾に影ある幸せ穏やかな冬のホームに並びて北へ

平成二十三年度ＮＨＫ全国短歌大会　佳作　穂村弘選

あらためて公衆電話探すとき街は孤独な大きな迷路

日経歌壇　穂村弘選

◀二月

風花の午後は見事に晴れ上がり信仰心の篤き人来る

☆日経歌壇　岡井隆選

雲垂れて雨の塗り込みくる岬このケータイは圏外と知る

毎日歌壇　篠弘選

バス停に氷雨ふるなり縫ひ針のあたかも刺さり折れて光りぬ

産経歌壇　伊藤一彦選

全国の天気予報図さむざむとわが福岡へ雪の降り積む

東京歌壇　佐佐木幸綱選

▼三月

横たはる〈時〉は薄目をあけをりて〈時間〉とは違ふ分かつてゐるな

☆日経歌壇　岡井隆選

東京に雪ふりし朝大事《おおごと》のやうに伝へるテレビが嫌ひ

毎日歌壇　伊藤一彦選

薄闇の妻の寝息の健やかに我も眠りぬ溶融の夜

東日本大震災被災文化財修復等支援事業　平城宮跡短歌大会　入選　吉川宏志選

千年も続く悪夢ぞ原発を詠める歌うた幾つ残らむ

毎日歌壇　米川千嘉子選

歌だけを聞かせる時代ありしこと誰に伝えん芦野宏ゆく

☆朝日歌壇　佐佐木幸綱選

コダックのエクタクロームー装塡《そうてん》しニコンのシャッター切りにし昭和

毎日歌壇　篠弘選

◀四月

千駄木の蕎麦屋に偲ぶ買物かご提げて歩きし吉本隆明

☆朝日歌壇　永田和宏・高野公彦共選

一瞬の時もおかずにブラボーとおらぶ男の寂しからずや

☆毎日歌壇　篠弘選

◀五月

クレープのつつむクリームふふふふと溶け出すように夏は来にけり

☆読売歌壇　俵万智選

乗務員のまかない食をアレンジのランチ美味なり鉄道博物館

☆東京歌壇　佐佐木幸綱選

定年は公衆電話に似てをりて気づかれぬまま立ちつくすなり

産経歌壇　伊藤一彦選

◀六月

こどもの日鯨寝ている雰囲気の大桟橋に大あくびせり

東京歌壇　佐佐木幸綱選

文明はいつか荒野になるものと思ひつつ詠むこの地下街も

毎日歌壇　篠弘選

竜巻の生みし瓦礫も放射能測らねば処理の進まぬ現実

毎日歌壇　伊藤一彦選

◀七月

梅雨に入る都バスの窓は和紙のごと曇り幼は指を動かす

☆読売歌壇　俵万智選

グーグルに裸となりし全世界かたつむり這ふ生垣見つむ

日経歌壇　穂村弘選

回文の芯となしたる「エコの声」伸び悩むまま梅雨入りの朝

毎日歌壇　米川千嘉子選

開削の工事によりし銀座線ひとにやさしき深さを走る

☆東京歌壇　佐佐木幸綱選

わが歌を載せてくるるも横書きと知れば少しく躊躇してをり

毎日歌壇　篠弘選

想定外怖るるゆゑか近ごろの気象情報少し大袈裟

毎日歌壇　伊藤一彦選

◀八月

梅雨明けの陰影のなき青空にスカイツリーはプラモのごとし

朝日歌壇　佐佐木幸綱選

行き先は定めずスイカ一枚と水筒デジカメ持ちてさまよふ

☆毎日歌壇　篠弘選

夏雲へ漕ぎだすようなカフェテラス真白き椅子はみな南向く

読売歌壇　俵万智選

修司より修治へ急ぐ青森の夏旅ひとり西日は熟れて

毎日歌壇　米川千嘉子選

しんしんと流れ星ゆく蜩のひとしきり鳴きしあとのしじまへ

朝日歌壇　永田和宏選

◀九月

盗塁をする勢いの大人消えお盆休みの電車あかるし

読売歌壇　俵万智選

ふるさとの北九州市バス降りて響灘市と呼びたき日和

ＮＨＫ学園北九州市短歌大会　秀作　家原文昭選　佳作　今野寿美選

朝顔を蒔きし生家はとうに消え戸建て四戸が洗濯物干す

ＮＨＫ学園北九州市短歌大会　佳作　吉川宏志選

真夏日へ往き猛暑日の自宅へと復《かえ》る日々なり練馬区なれば

東京歌壇　佐佐木幸綱選

▼十月

妻を置き妻有《つまり》の大地芸術祭まだ真夏日の九月を歩む

☆東京歌壇　佐佐木幸綱選

水底に棲めよとばかりたそがれのゲリラ豪雨は首都を叩きぬ

毎日歌壇　篠弘選

災害に想定外は許されぬ八ツ場ダム推進委員らは言う

東京歌壇　佐佐木幸綱選

◀十一月

濁点のやうにサーファーならびゐて太平洋の釣瓶落しよ

産経歌壇　伊藤一彦選

阿蘇市より来たるメールは大学を辞めて暫《しばら》くここに居るとふ

毎日歌壇　篠弘選

壮麗な火事のやうなる紅葉にとんがり屋根の別荘しづか

毎日歌壇　伊藤一彦選

リア充やリア強はびこる世の中にリア王いかにあのリア王は

毎日歌壇　米川千嘉子選

◀十二月

簡体字みればつくづく峠、辻、躾、榊の想像力よ

毎日歌壇　米川千嘉子選

寒茜《かんあかね》追ふ高速のバスにゐてこの一年のさらに高速

☆日経歌壇　岡井隆選

二〇一三年

◀一月

わが母の二倍を超ゆる天寿なり喪中はがきに百九歳と

☆毎日歌壇　伊藤一彦選

降りるべき駅を過ぎたり冬の夜に花火の上がる町を探して

日経歌壇　穂村弘選

マチュピチュを豪雨襲へばマヂュビヂュと濁れる音のありしと思ふ

平成二十四年度ＮＨＫ全国短歌大会　秀作　小池光選

◀二月

発禁本『愛のコリーダ』匡底《きょうてい》に秘めし己を忘れて久し

☆朝日歌壇　永田和宏選

滝田ゆう山口瞳乗り降りの国立駅も高架となりぬ

東京歌壇　佐佐木幸綱選

名画座のめぐりに淡き雪ふりて「夫婦善哉」をわが懐かしむ

毎日歌壇　篠弘選

◀三月

縦縞の等圧線のゆるびては花芽しづかに空を見つめる

☆日経歌壇　岡井隆選

公園は光あふれて紅梅に軽トラックの添ふごと停まる

産経歌壇　伊藤一彦選

踏みゆきしホームの涯にさまよへる人身事故の声の残響

産経歌壇　伊藤一彦選

コート脱ぎ旧友ことに温かく一人二人と通夜に集まる

毎日歌壇　伊藤一彦選

◀四月

肩書きをなくせし肩の下がりゐて朧月夜へスーツが溶ける

毎日歌壇　米川千嘉子選

元気といふ不思議な通貨この国にやりとりされる3・11以後

日経歌壇　年間秀作　岡井隆選

貞観に地震三度も起こりしと『理科年表』を閉ぢて春宵

産経歌壇　小島ゆかり選

後続の電車が遅れ調整のため停まりゐて時のみ逝けり

☆毎日歌壇　篠弘選

死なしめし突撃令に署名せしペンのインクのやがて鮮血

ＮＨＫ学園笛吹市短歌大会　佳作　福島泰樹選

◀五月

地方紙に載るおめでたのほとんどが凝りに凝りたるキラキラネーム

東京歌壇　佐佐木幸綱選

われ以外すべて眠れる若者か優先席に文庫本よむ

毎日歌壇　篠弘選

◀六月

挨拶の前にスマホを取り出すは自分はだれかと探しているのか

☆東京歌壇　佐佐木幸綱選

次長まで務めし人が会社とのすべて断ちたる理由は聞かず

☆毎日歌壇　篠弘選

暴落と急落の境どこにある眺めつつ今日の仕事を終える

東京歌壇　佐佐木幸綱選

◀七月

店頭にライ麦パンの消えてより値上げの夏のそろり始まる

☆朝日歌壇　馬場あき子選

ホチキスの針なくなれりＡ４の企画書10部きつくキスさせ

☆読売歌壇　俵万智選

スマフォでは左へ倒れる心地して左右で支へるスマホとなりぬ

日経歌壇　穂村弘選

節電のビルの廊下を人影は幽明淡くドアよりドアへ

産経歌壇　小島ゆかり選

上映のフィルムがぷつんと切れしこと最後はいつか思ひ出せない

☆毎日歌壇　篠弘選

国境線地上にもたぬこの国の夏の波濤の響灘見つ

日経歌壇　岡井隆選

◀八月

ケータイをパキンと畳み剣呑《けんのん》な通話さよなら汗の坂道

産経歌壇　伊藤一彦選

六年に一度手をふり駅頭に御託《ごたく》ならぶるしあはせな人

☆毎日歌壇　篠弘選

◀九月

ニュータウンすでにオールドタウンなり夏の真昼を黒猫の影

東京歌壇　佐佐木幸綱選

通過駅なれど降りたき撫牛子《ないじょうし》ねぷた祭へ向かふゆふぐれ

ＮＨＫ学園和倉温泉短歌大会　秀作　林田恒浩選　佳作　三井ゆき選

ただ単に汚染水と呼ぶ原発の高濃度放射性汚染水なのに

朝日歌壇　佐佐木幸綱選

▼十月

刑務所の塀より高き防潮堤築くさびしき気仙沼かな

朝日歌壇　馬場あき子選

おはなはん、おしん、あまちゃん「ん」がつく運がいいのか我が名に問いぬ

東京歌壇　佐佐木幸綱選

香水のＡとＣとに挟まれて三連休の「のぞみ」に忍ぶ

☆産経歌壇　伊藤一彦選

耳殻より気根のごときもの垂れて音を吸ふなり老若男女

毎日歌壇　米川千嘉子選

◀十一月

朝早く家を出でしか夜遅き電車に長き傘を持つ人

日経歌壇　岡井隆選

足らざりし眠りへ妻は沈みゆく通夜の帰りのタクシー温し

☆読売歌壇　俵万智選

手書き原稿なれば受付拒否されつ電子出版を見据ゑてをるや

毎日歌壇　篠弘選

免疫を処世に例へ強大な敵とは共存すべしと教授

毎日歌壇　米川千嘉子選

◀十二月

予告編の噪音地獄が終る頃見計らひては席につきたり

毎日歌壇　篠弘選

偽装にはあらねど微妙にネットとは違ふ有名レストランなり

産経歌壇　伊藤一彦選

通勤の途次のスポーツクラブはや老男老女開館を待つ

産経歌壇　小島ゆかり選

記者会見あれどひとりも涙せぬ教師残して逝きし子あはれ

毎日歌壇　伊藤一彦選

二〇一四年

◀一月

また食うて人間続ける人生に新しき年世界を覆ふ

日経歌壇　岡井隆選

湯豆腐の崩れて思ふ赤貝を喉に詰まらせ逝きし万太郎

☆日経歌壇　岡井隆選

端正な画面さながら還暦の日に小津安二郎世を去りたりし

毎日歌壇　篠弘選

自転車の母子それぞれ朝顔の鉢植ゑかかへ夏休みなり

平成二十五年度ＮＨＫ全国短歌大会　秀作　小島ゆかり選

◀二月

十二月の旅人逝けり一年の追悼記事の載りしそのあと

読売歌壇　俵万智選

プルースト知らぬ若者それもよしまた新年が来るといふ幸

産経歌壇　小島ゆかり選

年賀状今年限りと追伸の何人もゐてさうかと思ふ

産経歌壇　伊藤一彦選

三歳の曾孫も泣けり納棺の地下の小さな灰色の部屋

毎日歌壇　伊藤一彦選

喪主のリボン女子高生の付けている列が隣に斎場の冬

朝日歌壇　永田和宏選

▼三月

グワッシュのやうな木立へ冬の影曳《ひ》きつつ上野画学生消ゆ

産経歌壇　小島ゆかり選

鞠《まり》のごと太れる鳩がベランダに糞を落とせり神社より来て

毎日歌壇　篠弘選

イヤホーン挿せばこの世は選びたる音のみとなり心地よきかな

日経歌壇　穂村弘選

◀四月

春うらら、於菟《おと》、茉莉《まり》、杏奴《あんぬ》、不律《ふりつ》、類《るい》キラキラネームの始祖の坂道

☆朝日歌壇　佐佐木幸綱選

東北を三泊四日旅したる我の証人防犯カメラ

産経歌壇　伊藤一彦選

見も知らぬ人のつくりしラーメンを食べつつ思ふベビーシッター事件

毎日歌壇　米川千嘉子選

◀五月

踏切のありし昔は妻と子が会社へ向かふ我に手をふる

日経歌壇　三枝昂之選

カッターに写植の文字を切り貼りし仮名の送りにひたぶるな夜

毎日歌壇　篠弘選

◀六月

米国と称す所以は知らねども利国ふさはし亜米利加の略

☆日経歌壇　三枝昂之選

「改ざん」と「ねつ造」すべて漢字もて表記するべし隔靴掻痒

毎日歌壇　篠弘選

健康の秘訣キーン氏迷はずに「運動しない、好きなもの食べる」

毎日歌壇　篠弘選

右、タモリ　左、小百合の一画面戦後はかくも楽し美し

産経歌壇　小島ゆかり選

水槽を一方向に流れゐる勤労大衆マイワシの群れ

毎日歌壇　伊藤一彦選

◀七月

戦争を知らない子供たちのまま僕らは死んでゆけるでしょうか

☆朝日歌壇　永田和宏選

半世紀ともに生きたる右下の奥歯痛みぬ痛めど愛す

産経歌壇　伊藤一彦選

ふざけたる記者会見に号泣と呼ぶな真実悲しき人あり

毎日歌壇　伊藤一彦選

時計屋で修理ためらひバスに乗り一夜明ければ動いてをりぬ

☆日経歌壇　穂村弘選

◀八月

おのおのが昔を探しさ迷へる梅雨のさなかの古本街に

☆毎日歌壇　篠弘選

◀九月

集まりてヒトとなりたる細胞にひとのこころはいかにして成る

毎日歌壇　米川千嘉子選

◀十月

微笑みをもて勤務せし都市の夜の耳の奥なるレットイットビー

産経歌壇　小島ゆかり選

朝露に白磁のごとき文章の儚き高橋和巳とたか子

☆日経歌壇　三枝昂之選

◀十一月

台風の過ぎて無聊《ぶりょう》の午後となり寝転ぶ我に猫はよろこぶ

☆東京歌壇　佐佐木幸綱選

飛ぶ鳥を落としてゐたるデザイナー派遣で糊口を凌ぐ日々てふ

産経歌壇　伊藤一彦選

買物のたびにポイント与へられ奪はれていく私の秘密

産経歌壇　小島ゆかり選

◀十二月

回文の一つに薬のリスクあり出口入口見えぬ日銀

☆朝日歌壇　永田和宏選

全共闘らしき口調で駅員を問ひ詰め引かぬ初老の紳士

産経歌壇　小島ゆかり選

「ヤバッ」「カワッ」合言葉めき師走ゆく女子高生ら討入りをせん

☆日経歌壇　穂村弘選

二〇一五年

◀一月

特急で通過するとき螢田のホーム冬の日あふれて無人

読売歌壇　俵万智選

タブレット操り店を探す子のその指すでに操られをり

産経歌壇　小島ゆかり選

◀二月

平日の下り優先席に坐し上りに立ちし日々を想へり

毎日歌壇　篠弘選

過激派の脅威を知れば安直にゲリラ豪雨と呼ぶべきものか

産経歌壇　伊藤一彦選

◀三月

春の雪八分音符の羽根あれば街をやさしくぬらすメロディー

☆読売歌壇　俵万智選

街歩きの夫婦ふえたり早春の路地の奥まで暖簾を探す

東京歌壇　佐佐木幸綱選

中国語らしき音韻に囲繞《いにょう》されロマンスカーに孤塁守りぬ

東京歌壇　佐佐木幸綱選

〝女子学生限定〟就職説明会あるが寂しよ日本の会社

毎日歌壇　米川千嘉子選

夕しぐれ胴衣の犬は諦念の哲学者めきスーパーに待つ

☆日経歌壇　三枝昂之選

◀四月

春の日に別れたのしむ日本橋きみは三越われは丸善

☆読売歌壇　俵万智選

入口に掲載誌を飾る和食屋に入りてその味に後悔したる

毎日歌壇　篠弘選

宇宙より見る日本の春の夜に未だ闇あり四年を経ても

☆東京歌壇　佐佐木幸綱選

球春に東京ドーム地方都市ほどの男女を飲みこみ揺るる

毎日歌壇　米川千嘉子選

いつからかテレビ画面に小窓あき笑ふうなづくまじに五月蝿い《うるさ》

☆毎日歌壇　伊藤一彦選

◀五月

ぎこちなきスーツの一団信号で溜りランチへ率かれむ四月

産経歌壇　小島ゆかり選

◀六月

メールより絵葉書がよしフェルメール愛でし感想カフェに綴りぬ

産経歌壇　小島ゆかり選

おしまひの集合写真とならむゆゑみな前向きてしめやかに笑む

毎日歌壇　篠弘選

建築費青天井の恐れあれば天井青き新国立へ

東京歌壇　佐佐木幸綱選

▼七月

乗換の駅を襲へる雷鳴に人身事故を重なりて聞く

日経歌壇　穂村弘選

憲法は国のＯＳ　ウイルスが乗っ取る危機を学者は憂う

☆東京歌壇　月間賞　佐佐木幸綱選

またたびに酔ひたるごとく「ネコ歩き展」の写真にみな目を細む

産経歌壇　小島ゆかり選

◀八月

終戦忌百回来ても戦死者が0であるゆゑ美しい国

毎日歌壇　伊藤一彦選

軽快に若者抜きぬ梅雨晴に彼らたいていスマホの虜

産経歌壇　伊藤一彦選

◀九月

切れ目なく人波つづき国会を呑みこむ人の海となりたり

東京歌壇　佐佐木幸綱選

松下電器がパナソニックになりしころより町の電機屋さん目に見えてへりぬ

☆日経歌壇　三枝昂之選

◀十月

スタッフが記念写真を撮り合えりこのコンビニは閉店という

☆東京歌壇　月間賞　佐佐木幸綱選

憲法の決壊すれば濁流はあっという間に平和を流す

朝日歌壇　佐佐木幸綱選

耳澄ますべし痼瘕を切れ目なく起こす地球の深き絶望

☆日経歌壇　三枝昻之選

鷗外の鷗が打てないワープロが四半世紀を稼働してをり

☆毎日歌壇　篠弘選

同じ日に同じ雑誌を求め来し息子に同じ遺伝子の笑み

産経歌壇　伊藤一彦選

ケータイの憑依するかな会議中無言のままに消えし若者

東京歌壇　佐佐木幸綱選

▼十一月

一秒に変はりなけれど宝石を鏤《ちりば》め耳目をひく腕時計

産経歌壇　伊藤一彦選

▼十二月

閲覧室に二紙も三紙も専有し部長気分の抜けざる人か

毎日歌壇　篠弘選

二〇一六年

◀一月

野坂昭如死す　コマーシャルにも少し教養のありにし時代

東京歌壇　佐佐木幸綱選

◀二月

霊園にケータイ握り圏外と知り佇立《ちよりつ》せり一月の空

日経歌壇　穂村弘選

古本市遠くなりたり書斎からまづは読むべし処分するべし

産経歌壇　伊藤一彦選

▼三月

温風の下りて当たる部屋の隅猫は正座す老師のごとく

朝日歌壇　馬場あき子選

肉体を離れて肉のやうに打つ声といふもの殊に女人の

産経歌壇　伊藤一彦選

◀四月

私といふ自称の似合ふ年齢に早くなりたいと思ひし春よ

☆日経歌壇　三枝昂之選

一駅にして前の客立てば安らかならむ一日を予知す

☆毎日歌壇　篠弘選

寝ても寝ても寝足りぬ日々は若さゆゑいやいや真の理由あるべし

日経歌壇　穂村弘選

桜から桜へめぐるミツバチの労働けさもトーストに盛る

読売歌壇　俵万智選

交番に消えし地名の残りゐて平成生れの巡査立つなり

産経歌壇　伊藤一彦選

▼五月

輝くはＳＨＩＮＥ死ねとも読まれゐて若き母らはふつふつと起つ

☆毎日歌壇　米川千嘉子選

震災のあとの車内の薄暗さみな忘れゐてスマホに没す

毎日歌壇　篠弘選

◀六月

新緑をスイッチバックで登るときこんなふうにも生きられたのだ

読売歌壇　俵万智選

◀七月

ふりかへりまたふりかへりふりかへり夜半にめざめてあしたが遠い

産経歌壇　伊藤一彦選

蒸留水それとも真水しづかなる歌を読みつつ梅雨に入りたり

日経歌壇　三枝昂之選

唐黍に乳歯ぷつぷつ当てて笑む午後の平和を動画にしまう

☆読売歌壇　俵万智選

副菜のひとつかスマホを卓に置き箸も操る夜食の息子

毎日歌壇　米川千嘉子選

引き出しの右に眠れるリラ、マルク、フランのコイン蠢《うごめ》きはじむ

☆朝日歌壇　永田和宏選

剣呑《けんのん》な事態あっさり「新しい判断」ありて世はこともなし

東京歌壇　佐佐木幸綱選

◀八月

死病得て入選百句まとめしと序ありて君の小冊子読む

東京歌壇　佐佐木幸綱選

用終へし付箋なれども捨てられず机の端にそのつど重ぬ

毎日歌壇　篠弘選

殺しあふ種の展示なし梅雨晴の動物園に人影あふれ

産経歌壇　小島ゆかり選

前歩く水着の女子の隙間から海がときどき揺れて近づく

東京歌壇　佐佐木幸綱選

◀九月

パスポートなしでアジアを巡り来し兵士Ａ氏も白寿となりぬ

☆日経歌壇　三枝昻之選

はんなりと京の暑さもほどけゐて夜の秋なる寺院を巡る

産経歌壇　小島ゆかり選

老猫を置いて入院する日々にあはれあはれや夜の二重唱

毎日歌壇　米川千嘉子選

キャスターの懐かしき顔いつのまに議員となりてテレビに喋る

毎日歌壇　篠弘選

◀十月

映画でも難しそうな強風と豪雨が襲う東京暮色

東京歌壇　佐佐木幸綱選

ベランダの一寸先の光景を豪雨百ミリ真白に消しぬ

産経歌壇　伊藤一彦選

パソコンのデータすべてを始末して君は静かに逝つたといふが

毎日歌壇　米川千嘉子選

◀十一月

澎湃《ほうはい》と台風生まれ動きだすさま南《みんなみ》に国産みのごと

産経歌壇　伊藤一彦選

独身の日である中国ニッポンは介護の日なり11月11日

毎日歌壇　米川千嘉子選

ラテン語の学名「吐き気を催させる茸」ごはんを妻といただく

東京歌壇　東直子選

◀十二月

知らぬ間に眼鏡持ちなり外歩き、読書、パソコン　冬へ踏みだす

日経歌壇　三枝昻之選

名画座の闇に見入れば動き出す影はほとんど鬼籍に入りぬ

毎日歌壇　篠弘選

孤高とはもう死語なのか風雪に耐へる大樹の静けさが欲し

☆日経歌壇　三枝昻之選

二〇一七年

▼一月

詩についてまた死について新年の静かな午後にペンを擱《お》きたり

東京歌壇　東直子選

社会とのコミュニケーション欠如してなほ広告の会社たらんや

産経歌壇　伊藤一彦選

着ぶくれのサラリーマンも学生も人身事故の朝の改札

東京歌壇　佐佐木幸綱選

▲二月

モノクロに笑まふ女生徒消息はいま緩和ケア病棟といふ

日経歌壇　三枝昂之選

小走りに駅まで五分しぐれ抜けあとは濡れずに羽田に着きぬ

日経歌壇　穂村弘選

「低層」や「地盤」のキャッチフレーズ消え超高層のマンションは春

毎日歌壇　米川千嘉子選

大寒の影の食い込む商店街ひとり花屋のあたり春めく

朝日歌壇　佐佐木幸綱選

▼三月

思想家も作家もなべて若かりき造反有理わが遠景に

☆東京歌壇　月間賞　佐佐木幸綱選

三菱の飛べない翼ゼロ戦のプライドいまだ引き摺りてをり

日経歌壇　三枝昂之選

そのときの映像までも流されてまことパンダにプライバシーなし

毎日歌壇　伊藤一彦選

◀四月

学帽の影も形もなき式に来賓いまも長き念仏

☆日経歌壇　三枝昂之選

大学のオーケストラの男女比は3：7式典序曲始まる

東京歌壇　佐佐木幸綱選

◀五月

テーブルに硬貨ならべて春深し製造年の私をたどる

東京歌壇　東直子選

行く先は桜咲くなり改札をビッとスイカではたいてをりぬ

毎日歌壇　篠弘選

偽ニュースいとはぬ国に挟まれて役人どもの答弁かはゆし

毎日歌壇　篠弘選

◀六月

はつなつの外苑テラス真っ白な紅茶茶碗の把手のあなた

東京歌壇　東直子選

亡き父に時折ふれぬ図書館に訳せし英詩の本は眠りて

産経歌壇　小島ゆかり選

◀七月

投稿はネットなれども歌づくり加減乗除は鉛筆が好し

読売歌壇　俵万智選

揉み手して昇進したる会長は揉み手をせざる部下持たざりし

毎日歌壇　篠弘選

ポスターと似ても似つかぬ顔なれどその名の襷かけて寄り来る

東京歌壇　佐佐木幸綱選

◀八月

東芝のワープロ机ほどなれど弁舌熱き開発者ゐき

☆日経歌壇　年間秀作　三枝昻之選

蝙蝠《こうもり》を探して迷ふ下町にひつそりかんと傘を売る店

産経歌壇　小島ゆかり選

◀九月

任期はた袖も短き背広にて記憶となりし首相逝きたり

日経歌壇　三枝昻之選

◀十月

秋ありてこの世のほかに世はなしとたしかに思ふ夜はふけゆく

産経歌壇　小島ゆかり選

◀十一月

万華鏡回せば書斎も花野にてスティル・ライフの芯となすべし

☆東京歌壇　月間賞　東直子選

新しきパソコンなれば遅々として秋の夜長のネット投稿

東京歌壇　佐佐木幸綱選

ぎしぎしと野分けの音か目をさまし明りつけをり疑心暗鬼に

毎日歌壇　篠弘選

ＡＩに最も遠き乗物に子を振り分けて母は漕ぎゆく

産経歌壇　小島ゆかり選

◀十二月

しめやかに深夜を濡らす雨音を君らも聴くや半島の北

☆日経歌壇　三枝昻之選

二〇一八年

◀一月

希望とは魯迅がつとに絶望と相等しきと喝破してをり

☆毎日歌壇　篠弘選

共謀をする人もなき歌づくりメールに託し土曜日を待つ

日経歌壇　三枝昻之選

古寺巡礼その展示室出でくれば白鳥たちの寄り添ふが見ゆ

毎日歌壇　篠弘選

◀二月

白秋の生家しづかに冬のみづ生家の遺る人ぞ羨《とも》しき

☆日経歌壇　三枝昂之選

日曜歌人の思い

投歌選集から、日曜歌集へ

第一歌集を上梓したのは、二〇〇八年十二月でした。所収した三〇六首は、すべて投稿入選歌。二〇〇一年三月に始まり、二〇〇八年七月までの、新聞歌壇を中心にした自分なりの集大成。そのうち、選評がついた歌は九十一首となり、評もあわせて掲載することで、その歌がどのような評価を得たのか、読者がわかるような体裁をとりました。

世の中に歌集と名のつくものは多種多様で、作品だけに絞ってまとめるかたちが一般的ですが、日々の生活や仕事への思いを綴るなかで、短歌に狂言回しのような役割をあたえたり、日付と詞書を一種の備忘録として添えて構成する場合もあります。

第一歌集『投歌選集　過去未来』（河出書房新社）は、新聞歌壇などに掲載された月の順に歌を配列しているので、かならずしも当時の作者個人または社会の出来事を、カレンダーを繰るように見せているわけではありませんが、その周辺の雰囲気はたどれるようになっています。ここにいう「過去未来」とは、過去と未来ではなく、過去における未来のこと。追憶と悔恨、ささやかな希望をこめたタイトルでした。

「投歌選集」というくくりは、新たに考えついたものです。「投稿歌集」とか「入選歌集」とか、これまでになかったであろう歌集を、端的にあらわす言葉を探しましたが、どれもピンとこなくて悩んでいたとき、たまたまテレビニュースから、「とうかせん」という人名が聞こえてきたのです。画面には、中国の外交関係、なかんずく対日政策の舵取りをしているといわれる要人が談笑していました。これだ。

それから、十年。古稀を迎えることができ、ひとつの区切りとして第二歌集を上梓しよう。そう決意して、投稿入選歌をまとめる作業にはいりましたが、「日曜短歌」という新しい定義を打ちたてていたので、くくりとしての名称は、すぐに決まりました。『日曜歌集たび』。

たびとは、わが家の猫のこと。はじめて作品に登場したのは、二〇〇五年二月。産経歌壇の永田和宏選でした。『投歌選集　過去未来』所収。以下、二〇〇八年七月までの歌は、同様です。

水曜の冬のひざしを額に受け〈すべて我がため〉猫は眠れる

高校生の息子が、前年の秋、部室の道具置場の隅で鳴いている子猫をみつけて連れ帰り、以来、家族の一員として暮らしはじめ、歌の素材にもたびたび。ちなみに、「たび」とは息子が命名したもので、「またたび」からいただいたとのこと。

永田選があれば、河野裕子選もご紹介しないわけにはいきません。同じ年の三月と四月の毎日歌壇から。

喉鳴らしわが手の小指吸ひやまぬ子猫は母の乳首を知らず

幾億の猫のなかなる一匹が膝の上にて春眠りをり

今回、歌集をふたたび編むにあたって、最初の掲載月となる二〇〇八年八月の入選歌を探したところ、待っていたように「たび」の歌があり、日曜短歌の「ながい旅」とも響きあうことで、タイトルに採用しました。全三九一首です。

そもそも、日曜短歌とは？

新聞歌壇などに投稿している人を、なんと呼ぶか。日経歌壇の選者をつとめている穂村弘氏は、『ぼくの短歌ノート』（講談社）において、「アマチュア作者」「アマチュアの投稿作家」「アマチュア歌人」などと記し、その呼称は一定していません。対比するかたちで、短歌の専門家は「専門歌人」と規定されていますが、これは短歌の世界ではふつうに使われている用語です。

しかし、はじめて目にしたとき、非常な違和感を覚えました。専門歌人？　すると、専門ではない歌人がいるのか？　ただの歌人とどう違うのか？　専門小説家や専門漫画家なんて言い方は、聞いたことがない。短歌初心者は、うろたえました。そのうえ、新聞歌壇などに投稿している「アマチュア」に対して、「新聞歌人」とか「投稿歌人」とか、少なからず差別的なニュアンスのこもった用語を、短歌雑誌などで目にするにつけ、居心地の悪さになんとかならないものかと、ずっと考えつづけてきました。

そして、今回も耳からはいってきた音がヒントとなりました。「日曜大工」です。そうか、「日曜俳句」という言い方もあるな。アマチュアで大工仕事をする人と、俳句や短歌をつくる人。もちろん、専門で家具などをつくる職人にはかなわないが、日曜大工でも十分に使用できて、ちょっとは自慢できる椅子や本棚はつくれる。同じように、日曜俳句、あるいは日曜短歌であっても、世の中に見せても恥ずかしくない作品はつくれるのではないか。なにより、専門家のチェックがはいっているのがこころづよい。

たいていの新聞には、読者から寄せられた短歌や俳句を掲載するスペースがあります。詩歌専門でもないメディアが、一般の読者から投稿された作品を、著名な選者のふるいにかけて、毎週掲載する。こんな国は、世界のどこにも存在しません。

東京で発行される主な日刊紙のうち、二〇〇一年三月までは、そろって日曜に掲載されていました。いまでは、土曜（日経）、日曜（朝日、東京）、月曜（毎日、読売）、木曜（産経）と、新聞によってばらけてしまいましたが、仕組みそのものは変わっていません。その意味で、アマチュアがメディアに作品を送り、専門家が選び、掲載するという一連の流れ、あるいは作品そのものを、日曜短歌、日曜俳句と名づけることは合理性があり、作者たちを日曜歌人、日曜俳人と呼ぶこともまた、自然です。

ということで、私は、日曜短歌をたのしんでいる日曜歌人。その入選歌をまとめた一冊は、日曜歌集。がってんしていただけましたでしょうか。

河野裕子さんとの出会い

はじめて言葉をかわした歌人は、河野裕子さんでした。毎日歌壇に投稿を始めてまもない、二〇〇一年五月。突然、わが家の電話を鳴らしたのは、河野さん本人でした。びっくりして出ると、河野さんは、投稿作品について、とてもいい、でも少しだけ手を入れます、掲載は六月十日です、と教えてくれました。選者から直接連絡があるとは、予想だにせず、すっかりあがってしまって、短歌というべきところを、何度も俳句といってしまって、いっそうあわてて、冷汗だらけになった応答を、きのうのことのように記憶しています。掲載歌は二席でしたが、特別に選評がついていました。

天窓の朝の光は食卓のパンを照らせりコーヒーをどうぞ

【評】二首目。「コーヒーをどうぞ」が楽しい。雰囲気のある歌だ。

「二首目」というところが、とてもうれしかった。評に使用できる少ない文字数のなかで、わざわざ取りあげてくださった心づかいに、投稿する意欲が俄然つよくなりました。それから二〇〇二年いっぱいまで、およそ一年半の間に、十六首とっていただき、半数に評がついていました。掲載されるたびに、おっ、これが特選になるんだ、これもか、と河野さんの勢いにおされるように、どんどん短歌の渦に巻きこまれていきました。

もっともっとがんばりなさい、と叱咤激励されているようでした。その結果、次の歌によって、二〇〇二年の毎日歌壇賞をいただきました。

春のひる美術館裏人気なく青空のみがわあっと広がる

選評にあった、「毎日歌壇に新風をもたらした」との言葉には、ちょっとむず痒い感じもしましたが、あえて集中的に採用することで、河野さんなりの意図を達成したかったのかもしれないと、いまでは思えてなりません。

河野さんには、一度だけお会いしたことがあります。二〇〇七年二月の京都。「いま、社会詠は」というシンポジウムの会場でした。主催する青磁社は、息子の淳さんが興した出版社。案内のはがきをいただいて、遠出を避けていた重い腰をあげました。

会場の入口近くで、いそがしく動きまわっている和服の女性。すぐに河野さんとわかりましたが、こんなに小柄で細い人なの、というのが偽らざる印象。ご挨拶すると、ちょっとびっくりしたようですが、電話で聞いたときと変わらない、芯のある、しっかりした声で、よく来てくれました、と迎えてくれました。

生きてゐる限りを歌につくつくし

河野さんから、速達が届いたのは、その年の五月。ＮＨＫ学園が企画した「河野裕子先生と行く短歌紀行～北イタリアとスイスアルプスの旅～」へのお誘いでした。前年に赴いたイギリス湖水地方の旅が、生涯の思い出になるほどのたのしい、いい旅であったと記され、今回の旅に参加してくれるとうれしいと、便箋二枚に思ってもみなかった言葉が綴られていました。

ヴェネチア、パドヴァ、ミラノ、コモ湖など、旅程の半分はすでに訪れたことがありましたが、河野さんと再訪すれば、どんな感慨を抱き、新しい歌が生まれるか。イタリア語も少し勉強していたので、お役に立てる場面もあるかもしれないと、思いを巡らせましたが、その三年ほど前、大病を患って手術し、まだ海外旅行するほど体力に自信がなかったので、丁重に辞退させていただきました。

そのときの旅の様子は、『歌壇』二〇〇八年七月号、「私の会った人びと」シリーズの第十四回「新聞歌壇、ＮＨＫ学園の人びと」のなかで紹介されていますが、実にエネルギッシュで、ハイテンション。参加していれば、それこそ生涯の思い出になったはずと、いまでも後悔の念があります。まさしく「過去未来」です。

河野さんの自筆の手紙は、私にとって宝物。結社にもはいっていない、ただのアマチュアに対しての過分のはからいは、忘れられません。

河野さんが病気らしい、ということは、短歌雑誌などを読んでいるうちに知りました。毎日歌壇賞をいただいてから、毎週の投稿は欠かさないものの、初心のころのように「快進撃」とはいかず、掲載もまばらになっていました。

二〇一〇年、その年はじめてとっていただいた歌は、亡くなられて三日後、八月十五日に掲載されました。

ゆつくりと歌のページを閉づるとき梅雨晴れの街やはらかくあり

そして九月十二日、毎日歌壇。伊藤一彦選の二席。「河野裕子氏哀悼の一首」の評言とともに、次の歌が掲載されました。

投稿の選歌を終へて眠りしか歌と家族に尽くして永久に

同じ紙面には、河野さんが生前に選歌を終えていた投稿入選歌が、いつもと変わらず評とともに掲載され、それが彼女の最後となりました。亡くなられて、ちょうど一か月たっていました。

見出しに使ったのは、河野さんの三回忌にあわせるように、ＮＨＫで放映されたドラマ「うたの家〜歌人・河野裕子とその家族」を見て、との詞書をつけて朝日俳壇に投句したもの。長谷川櫂選です。

日曜短歌は、アナログのフェイスブック

ある日、中学生のとき教えを受けた美術の先生から、電話がかかってきました。しかも、旅先から。なにごとかと、ちょっと身構えたところ、けさの読売新聞の一面のコラムに、名前が出ていると知らせてくれました。短歌もいっしょだ。先生の声は弾んでいました。

びっくりして、近くのコンビニに走っていきました。朝日、毎日、読売、日経、産経、東京の歌壇、俳壇すべてに投稿していたので、掲載（あくまでも予定）日には図書館に足を運んだりして、入選しているかどうか確認していましたが、それ以外の日については、さすがに目を通す機会はほとんどなく、（なにしろ、自宅で定期購読できる新聞には、経費的にも限りがあるので）、二〇〇六年九月二十一日（木曜日）の読売朝刊を手にいれると、すぐひろげました。

一面のトップを飾っているのは、前日、安倍晋三氏が自民党の新総裁に選出された記事と、会場で立ちあがって拍手に応える写真。いまとは違って、ちょっと不安そうな面持ちで、ういういしい。受けるかたちで、「編集手帳」は、祖父・岸信介が日米安保条約が国会を通るか、霊能者の〝天の声〟を聞いたエピソードを紹介していますが、最後に与謝野晶子短歌文学賞の入選作に印象深い一首があったと、私の歌が引用されていました。

ガス弾を浴びし黒髪いまはもう涼しき銀河となりて梳《す》かれぬ

文脈からいうと、この歌は、六十年安保を背景にしていると受けとられますが、実際には七十年前後の全共闘運動が盛んであったころの青年の「いま」を描いています。ともあれ、新聞にはじめて自分の歌が取りあげられ、あらためて知ったことは、機動性と同時性、その〝ひろがり〟です。

その後、歌集を上梓した際、読売新聞の論説委員室あてに、遅ればせながら感謝の気持ちとともに送呈したところ、コラムニスト・竹内政明氏の波長にあったのか、歌集から都合七回、引用していただきました。これは望外の出来事で、掲載のたびに、友人、知人から電話やメールをいただきました。

もちろん、一面のコラムに引用されなくても、新聞歌壇に掲載されるだけで、反響はあり、継続することで、友人、知人に限らず、どこかで見てくれる人は、まちがいなく存在します。いまのように、SNSが発達していない時代から、日曜短歌はアナログのフェイスブックのような役割を果たし、いまでもそれは変わっていません。

それを如実に感じたのは、二〇一六年の夏、かかりつけの病院に、かんたんな検査で入院したときのことです。入院初日、たまたま月に一度の院長回診の日にあたり、ベッドにいると、はいってきた穏やかな物腰の先生が、「吉竹純さんですか」と問いかけてきたのです。驚いて理由を聞くと、新聞の投稿欄で名前をよく見かけるので、とのこと。かつて、短歌大会に入賞したとき、参加者に声をかけられたことはありますが、面識のない方に、まったく場違いな場所で名前をきかれたのは、はじめて。恐縮するやら、感謝するやら。さっそく、歌集を進呈することにしました。その際、震災直前の歌会始に選ばれたことも告げ、先生もぜひ、とお勧めしましたが、自分は読むのが専門です、といわれて帰られました。

その年の暮れ、NHKの朝のニュースを見ていると、歌会始の入選者のなかに院長先生の名前があって驚きました。新聞を読むと、五回目の挑戦で、見事、射止めたとのこと。(私は、八回目)。ちなみに、先生は天皇陛下が心臓手術を東大病院で受けられたとき、スタッフの一人として臨まれていたとか。歌会始のあとの席で、両陛下となつかしくお話しされたそうです。歌は、思いがけない〝つながり〟もつくってくれています。

日曜俳句の知人に、間に合った日曜短歌

二〇一六年七月、平綴じの小冊子が届きました。表紙には、「東京新聞百句2008年~2016年」とあり、会社に勤めていたころ、いっしょに仕事をしたことのある先輩がまとめたものでした。

私の場合、東京歌壇のほかに俳壇にも投稿していて、紙上で名前をみかけたときには、あっ、俳句をつくっているんだ、がんばってるな、と思い、その後、社友会で顔をあわせたときは、ひとしきり俳句談義を楽しんだものです。

A5判二十ページの冊子には、東京新聞の本紙と横浜版に投句して掲載された作品が、日付の順に整理されていました。

序には、二〇〇八年から投句を始め、掲載された句が百を数え、区切りとしてまとめたとありましたが、理由は、死病を得たことにあると綴られていました。

私もまた、がんの告知を受けたことがあり、不条理な、納得できない、未来が区切られたような気持ちに苛まれました。入院前夜には、ワープロに向かって、あとからあとから湧いてくる歌を叩きつづけ、どこにもぶつけることのできない気持ちを、短歌という器に吐きだしました。彼の俳句のなかにも、入院に際しての気持ちのゆれが、書き留められていました。

一度、短歌と俳句に分かれてでしたが、同じ日の東京新聞の投稿欄に名をつらねたことがあり、またいっしょに名前が載るようになりましょうと、励ましの言葉を添えて返事をしました。そして、回復を祈って、短歌を投稿したところ、八月七日、佐佐木幸綱選に、次の一首がありました。

死病得て入選百句まとめしと序ありて君の小冊子読む

すぐに奥様から、はがきが届き、「夫がとてもよろこんでおります」との一言が。よかったと思うまもなく、封書が届き、十三日に死去したとのこと。つらいやりとりでしたが、間に合ってよかったと、ひとり納得させました。

なにげない日曜短歌の投稿欄にも、さまざまな交流が、数知れずあることでしょう。史上もっとも若く読売歌壇の選者となり、キャリア二十年を超える俵万智さんは、すぐれた歌を数多く寄せてきた投稿者の死を、彼女の知人の投稿から知り、評のなかで追悼の一首を贈られたこともあります。

読者にひらかれている貴重なスペースだからこそ、ネット全盛の時代にあっても、新聞の歌壇、俳壇が脈々と受け継がれているのは、たしかな手触りのあるふれあいがあるからだと、あらためて思い知りました。

時代の記録、日曜短歌

日曜短歌は、掲載までの期間が、もっとも短い朝日歌壇で三週間。そのほかも、たいていーか月後には成否がわかります。時代のトピックやニュースに反応して、そのときを生きる人が、どんな思いを歌に結実させたか、興味深い資料にもなります。また、新聞掲載の日曜短歌は、紙面の一部ともなるので、性格上、時代と切り離すことは、たとえそれが極私的な「生活詠」「人生詠」であってもむつかしい。

社会的な事象を取りあげる歌は、一般に「社会詠」「機会詠」などと呼ばれていますが、最近は少なくなってきたようです。かつて、朝日歌壇の選者をほぼ半世紀つとめた近藤芳美は、「民衆の短歌」を標榜し、各地の投稿者を訪ねるなど、社会とのつながりを積極的にはかっていました。彼がとる歌は、始めたばかりの私からみれば、政党のスローガンのようであったり、直球でぐいぐい訴えかける言葉が多く、かなり抵抗があったことは事実ですが、いまとなってはなつかしい。

朝日歌壇の選者としてキャリア三十年の佐佐木幸綱氏は、四十年の馬場あき子氏との対談で、「社会詠」が歌いにくい背景に、メディアがふえて映像が氾濫していること、ネットで発信する人もふえている事情などをあげ、「出来事の賞味期限も短い」と述べています。（朝日新聞　二〇一八年四月二十七日）

そんな時代状況のなかで、私の日曜短歌がどれほどの賞味期限をもっているか、いささか心もとない。それでも、社会詠は時代の記録としてつくる必要があると思っています。

回文の一つに薬のリスクあり出口入口見えぬ日銀

二〇一四年十二月、朝日歌壇。永田和宏選。この歌は、日銀の「異次元」の金融緩和策という「薬」が効きすぎて、どこが出口、どこが入口だったか、いったい出口の入口は見つかるのか、堂堂めぐりのアベノミクスを詠んだもの。それから四年以上たっても、賞味期限は終わるどころか、いまもって継続し、地獄の釜の蓋があくのは、いつなのか、どれほどの規模なのか、こわすぎる未来をかかえて、日銀は袋小路にはいっています。結局、日本の通弊として、起きてしまってから考え、だれも責任をとらないまま、うやむやになるでしょう。黒白をつけることなく。

こうした大きな社会詠は、もはや絶滅危惧種に近いかもしれませんが、日常生活のささいな出来事を詠む歌とならんで、忘れてはならないジャンルだと思っています。

そうだ、利国と呼ぼう

二〇一六年、参議院の憲法審査会で、自民党の丸山和也議員は、「日本が米国の五十一番目の州になれば」などと発言しましたが、なんのお咎めもありませんでした。いったい、独立した国の政権政党でしょうか。あるいは、もうなっているから、いまさらいいじゃないかと居直っているのか。米軍の役割を規定した地位協定が、世界でいちばん不平等なのに、なんの是正策もとらない日本政府というのは、そもそもなんなのでしょうか。

アメリカを、米国と略することは、やめましょう。反米にしろ、親米にしろ、日本人のこころのふるさとである「米」を、かの国に適用する限り、すべての言辞において、その軛から逃れられないからです。次の歌は、二〇一四年六月、日経歌壇。三枝昂之選。

米国と称す所以は知らねども利国ふさはし亜米利加の略

幕末、アメリカを、漢字では亜墨利加と書いていました。それが、いつのまにか、亜米利加となり、略称は米国。もし、利国と略していれば、日米安保条約は、日利安保条約。日米地位協定は、日利地位協定。実によく本質を表現します。トランプ大統領が「アメリカファースト」と叫ぶいまでは、さらに似合っています。

社会への働きかけとしての日曜短歌。改元を機に、アメリカを米国ではなく、利国と呼ぶことを、ひとりひとり、小さなメディアからでも始めれば、世界はずいぶん変わって見えるはず。一足先に、このあとの拙文では、利国と表記します。

前出の紙上対談で、馬場あき子氏は、「かつては投稿者たちに『理想』があり、批判や批評を歌にこめていたが、今は理想自体がわからない時代」と述べていますが、老骨の日曜歌人は、相変わらずこだわっています。いまの若い人たちの歌にはあまり見られない味わいを、ほんの少しでも感じてもらえたら幸いです。

日本人は、日本語を愛すべし

二〇一五年、安倍首相は、利国議会において、上下両院議員を前に演説しました。どこを強調するか、仕草はどうすると、さまざまな注釈のついた原稿を、思い入れたっぷりに読みあげるシーンを、記憶されている方もいるでしょう。しかし、彼の演説は、日本語ではなく英語でした。このことについて、疑問を呈したメディアは、私の知る限りありませんでした。

仮に、この英語演説が、安倍氏ではなく、民主党政権の菅首相であったなら、どうだったでしょうか。日本の首相なのに、英語を使うとはなにごとか、菅は売国奴、とさんざんだったでしょう。日本人として恥を知れというメディアも、日頃の論調からすれば、あったはず。しかし、安倍氏であれば、スルーされる。なんとも幸せな首相です。

ひるがえって、日本の国会で、ドイツのコール首相や中国の温家宝首相など、海外の首脳が演説しましたが、母語を使わなかった人物はいるでしょうか。もし、温家宝首相が、日本語で演説したら、そのまま亡命するしかなかったでしょう。それを思うと、日本の首相が利国議会で英語で演説しても、とりたてて不審に思わず、抗議の声ひとつあがらない日本のメディア、および国民は骨の髄まで利国に占領されたままなのです。

日本が独立を回復したサンフランシスコ講和条約を締結した際に、当時の吉田茂首相が、日本語で受諾演説したという歴史的事実を、安倍氏が知らないはずはありません。吉田首相も、最初の原稿は英語だったのですが、随行していた白洲次郎が、頑として日本語での演説を主張したのです。「戦後レジュームからの脱却」を唱えている安倍氏が、むしろすすんで連合国に占領された時代へ回帰する。なんと皮肉なことでしょう。

〈設立〉も〈創業〉も消え〈立ち上げる〉日々衰へる哀しき母語よ

二〇一一年一月、毎日歌壇。米川千嘉子選。ことは、政治家だけにとどまらず、日本語の読み方、表現において手本となるべきＮＨＫも、お詫びや訂正は、もう日常茶飯事。ニュース番組で、字幕の「相撲勘」を「相撲感」と書いたり、住宅を巻きこんだ山崩れの現場に赴いたリポーターが、「おうち」と叫んだり、語彙の貧困、幼い描写が、目立ちすぎます。そんな日本語で、これからも同じ受信料をもらっていいのかな。日曜歌人は、慨嘆しております。

最後に

はじめて自分の歌が活字になったのは、忘れもしない二〇〇一年三月。朝日歌壇、島田修二選でした。

なにものにかならむと二十世紀なにものにもなれず二十一世紀

以来、毎週、毎週、投稿しては新聞などで確認する。そんな作業に没頭してきました。二〇〇八年、還暦を迎えたところで、第一歌集を上梓。このときは、投稿をつづけながら、歌稿などまとめましたが、それから十年たっての古稀。二〇一八年のいまは、投稿しながら整理するのはとても無理と自覚して、年初から編集作業に専念しました。したがって、この歌集は、今年の二月初めに掲載された歌で、締めくくられています。中途半端な感じがするかもしれませんが、ご了解ください。

第一歌集では、作品についての選者の評も同時に掲載しましたが、今回は見送ることに。私の歌と評だけで、新聞歌壇は当然のことながら成立しているわけではなく、選者がいて、十首ほどの入選歌があって、そのなかには評のついているものも、ないものもあり、評の内容にも濃淡があり、さらには歌の配列も、そのつど選者が頭を絞って決めているのですから、むしろ全体を見てもらった方が意味があると考え、あえて併載しないことにしました。

なお、評のついている作品は、選者欄に☆をつけていますので、興味のある方は、図書館などで新聞の縮刷版や保存紙などにあたっていただければ幸いです。日曜短歌全体への興味や関心が深まれば、作者冥利につきます。

その過程で、知っている人に出会ったり、すでに歌集やアンソロジーなどによって名前を見た作者が、いるかもしれません。実際、二〇一八年の「短歌研究新人賞」の二人は、ともに「毎日歌壇」「日経歌壇」に投稿していました。また、毎日歌壇の選者である加藤治郎『うたびとの日々』（書肆侃侃房）には、「新聞歌壇の現在」という見出しのなかで、次のように書かれています。刊行は、二〇一二年。「従来は、新聞歌壇から結社へと一方向であった。今後は、結社に所属する作家がもっと新聞歌壇に投稿してもよいのではないかというのが私の考えである」

新聞歌壇が、無名の、短歌が好き、定型に思いの丈を受けとめてほしい、社会に対して発言したい、というだけで投稿してくる愛好家の広場であった時代から、結社誌よりすぐれた同時性、機能性に着目して、新しいフェイスブックとして活用されはじめているのではないか。その成果や評価が、ＳＮＳに組みこまれているのかもしれません。

はがきに一首を書いて投函する時代から、クリックひとつでネットを飛んでいく時代へ。これはもう、抗うことのできない流れでしょう。はがきしか認めていない朝日歌壇も、いずれはネット投稿を解禁せざるを得なくなるでしょう。

それでも、世界と歌はつながっているのか。だからこそ、世界とつながっていけるのか。あなたは、どうですか。

この日曜歌集を出版するにあたって、「港の人」上野勇治様には、ひとかたならぬお世話になりました。

皇后・美智子さまに寄り添われた精神科医との静謐な初恋を綴った青年の日記『会うことは目で愛し合うこと、会わずにいることは魂で愛し合うこと。——神谷美恵子との日々』を手にとってから、ずっと気になっていた出版社です。

また、装幀の西田優子様には、注文の多い著者に丁寧に対応していただき、すばらしい一冊となりました。おふたりに、こころより感謝いたします。

最後に、日曜短歌のなかで、もっとも好きな作品を再録することで、このながいあとがきを閉じます。二〇〇八年七月、日経歌壇。☆穂村弘選。

言葉なきこころ人類を降りこめし雨そのときの音の純粋

吉竹　純

平成最後の冬に

くちびるに光やさしく南窓《みなみまど》去りてゆく息生まれきて声

平成三十一年歌会始　お題「光」　詠進歌

吉竹　純（よしたけ　じゅん）

一九四八年、福岡県若松市（現、北九州市若松区）生まれ。七二年、東京外国語大学フランス語科卒業。㈱電通入社、クリエーティブ局配属。八七年、第三十五回朝日広告賞（ミノルタカメラ）。八九年、第二回「日本推理サスペンス大賞」最終候補作（「もう一度、戦争」）。二〇〇〇年、㈱電通退社。コピーライター。〇二年、毎日歌壇賞（河野裕子選）。〇五年、第十一回与謝野晶子短歌文学賞。読売歌壇年間賞（俵万智選）。〇八年、『投歌選集　過去未来』（河出書房新社）。一〇年、東京歌壇年間賞（佐佐木幸綱選）。一一年、歌会始入選（お題「葉」）。結社、同人誌などに所属せず。